LA VENGANZA DE
PABLO
DIABLO

Francesca Simon

Ilustraciones de Tony Ross

Traducción de Miguel Azaola

Primera edición: noviembre 2002
Octava edición: marzo 2010

Dirección editorial: Elsa Aguiar
Traducción del inglés: Miguel Azaola
Publicado por primera vez en Gran Bretaña en 2001
por Orion Children's Books

Título original: *Horrid Henry's Revenge*
© del texto: Francesca Simon, 2001
© de las ilustraciones: Tony Ross, 2001
© Ediciones SM, 2002
   Impresores, 2
   Urbanización Prado del Espino
   28660 Boadilla del Monte (Madrid)
   www.grupo-sm.com

ATENCIÓN AL CLIENTE
Tel.: 902 121 323
Fax: 902 241 222
e-mail: clientes@grupo-sm.com

ISBN: 978-84-348-9017-6
Depósito legal: M-5.466-2010
Impreso en España / *Printed in Spain*
Gohegraf Industrias Gráficas, SL - 28977 Casarrubuelos (Madrid)

Cualquier forma de reproducción, distribución, comunicación pública o trans-
formación de esta obra solo puede ser realizada con la autorización de sus titula-
res, salvo excepción prevista por la ley. Diríjase a CEDRO (Centro Español de
Derechos Reprográficos, www.cedro.org) si necesita fotocopiar o escanear algún
fragmento de esta obra.

Para Chris Harris, Wendy Kinnard,
Ben, Sophie y Jessica con todo cariño

ÍNDICE

I

·····························

LA VENGANZA
DE PABLO DIABLO

¡PLAF!

—¡Buuaaaaaaaaaaa!

¡PLAF! ¡PLAF! ¡ÑÑÑÑÑ!

—¡Maamáaaaaaaaa! –chilló Roberto–.
¡Pablo me está pegando!

—¡Mentira!

—¡Verdad! ¡Y además me ha pellizcado!

—¡Pablo, deja de incordiar! –dijo
su madre.

—¡Ha empezado Roberto! –aulló
Pablo.

—¡Mentira! –gimió Roberto–.
¡Ha sido Pablo!

Pablo Diablo dirigió una mirada
asesina a Roberto.

Roberto, el niño perfecto, dirigió una mirada asesina a Pablo Diablo.

Su madre siguió escribiendo una carta.

Pablo Diablo arremetió contra Roberto y le agarró del pelo. Se había transformado en una serpiente cobra desenroscándose y lanzando su veneno mortal.

—¡Aaayyyyyyy! –chilló Roberto.

—¡Pablo, ahora mismo a tu cuarto! –gritó su padre–. ¡Se me acabó el aguante por hoy!

—¡Muy bien! –bramó Pablo–. ¡Te odio, Roberto! –chilló mientras subía a su cuarto dando patadones y se encerraba en él con el portazo más sonoro de que fue capaz.

¡No había derecho! A Roberto jamás le mandaban a su cuarto. Y a Pablo le mandaban al suyo tan a menudo que casi era preferible no salir de él. Pablo no podía ni eructar sin que Roberto le complicara la vida.

—¡Mamá! ¡Pablo está tirando
los guisantes al suelo!

—¡Papá! ¡Pablo se está guardando
caramelos en el bolsillo!

—¡Mamá! ¡Pablo está comiendo
sentado en el sofá nuevo!

—¡Papá! ¡Pablo está jugando
con el teléfono!

Pablo Diablo estaba hasta la
coronilla. Aquel mocoso santurrón,
acusica y cararrana, le tenía más que
harto.

Pero la verdad es que no sabía
cómo ajustarle las cuentas a Roberto.
Había intentado vendérselo como
esclavo a Marga Caralarga, pero no creía
que Marga volviera a comprarlo. Si al
menos supiera hacer conjuros, podría
convertir a Roberto en un sapo
o un escarabajo o un gusano... ¡Sería
fantástico! Cobraría veinte céntimos
a todo el que quisiera ver a su
hermano-gusano. Y como

Roberto-gusano se pasara de la raya una sola vez, lo utilizaría de cebo para pescar. Pablo Diablo sonrió.

Luego dio un suspiro. Sabía que no tenía más remedio que cargar con Roberto. Pero, aunque no pudiera venderlo ni convertirlo en gusano, sí que podía meterle en un buen lío...

Lo malo era que meter en un lío a Roberto, el niño perfecto, solo parecía fácil en teoría. Roberto nunca hacía nada malo. Además, por alguna extraña razón, no siempre se fiaba de Pablo, y la única forma de meter a Roberto en un lío era engañándole... Pues bien, aunque le llevara un año entero, Pablo Diablo se prometió que acabaría diseñando el plan perfecto para meter a Roberto en un

buen lío. En un lío muy, muy,
MUY gordo. Sería casi tan bueno
como convertirlo en gusano.

—¡Me las pagarás, Roberto! –rugió
mientras aporreaba una pata de la cama
con su osito Don Matón–. ¡Mi venganza
será terrible!

—¿Qué estás haciendo, Pablo? –preguntó
Roberto.
    —Nada –dijo Pablo Diablo, que dejó
inmediatamente de escarbar junto
al manzano del fondo del jardín
y se puso en pie.

—Estás haciendo algo, estoy seguro
–dijo Roberto.

—Sea lo que sea, no es asunto tuyo,
acusica –dijo Pablo.

—¿Has encontrado algo? –preguntó
Roberto mirando al pie del árbol–. Yo no
veo nada.

—Quizá –dijo Pablo–. Pero no te lo
pienso decir. Tú no sabes guardar
un secreto.

—Sí que sé –dijo Roberto.

—Y eres demasiado pequeño –dijo
Pablo.

—No lo soy –dijo Roberto–. Soy ya un chico mayor. Lo dice mamá.

—Bueno, pues peor para ti –dijo Pablo Diablo–. Y ahora lárgate y déjame solo. Tengo algo importante que hacer.

Roberto, el niño perfecto, se alejó unos diez pasos, giró sobre sus talones y se quedó inmóvil observando a Pablo.

Pablo Diablo continuó merodeando en torno al árbol con la mirada clavada fijamente en la hierba. De pronto dio un silbido y se arrodilló.

—¿Qué has encontrado? –preguntó excitado Roberto, el niño perfecto–. ¿Un tesoro?

—Es mucho mejor que un tesoro –dijo Pablo Diablo, recogiendo algo del suelo y escondiéndolo en la mano.

—Anda, enséñamelo –dijo Roberto–. Por favor. ¡Porfaaa!

Pablo Diablo se hizo el pensativo por un momento.

—Si te cuento una cosa, lo que aún

está por ver, ¿te comprometes bajo
el sagrado juramento de la Mano Negra
a no decir nada a nadie?

—Lo juro –dijo Roberto.

—¿Aunque te torturen
los extraterrestres?

—¡NO DIRÉ NADA! –graznó
Roberto.

Pablo Diablo se llevó un dedo a los
labios y, de puntillas, se alejó del árbol
hacia su guarida. Roberto le siguió.

—No quiero que ellas se enteren de
que te lo he contado –susurró cuando
estuvieron bien ocultos por el ramaje–.
De lo contrario, desaparecerán.

—¿Quiénes? –musitó Roberto.

—Las hadas –dijo Pablo.

—¿Las hadas? –graznó Roberto, el
niño perfecto–. ¿Quieres decir que has
visto...?

—¡Chiiissst! –chistó Pablo Diablo–.
Si se lo dices a alguien, se irán
inmediatamente.

–No lo diré –dijo Roberto, el niño perfecto–. Te lo prometo. ¡Hadas, qué guay! ¡Y en nuestro jardín! ¡Pablo, hadas! Ya verás cuando se lo diga a mi profe.

—¡NO! –gritó Pablo Diablo–. No se lo puedes decir a nadie. Sobre todo a los mayores. Las hadas odian a los mayores. Para ellas, los mayores huelen que apestan.

Roberto, el niño perfecto, se llevó una mano a la boca.

—Lo siento, Pablo –dijo.

Pablo Diablo abrió la mano. Estaba salpicada de puntitos dorados.

—Polvo de hadas –dijo Pablo Diablo.

—Parece purpurina corriente –dijo Roberto, el niño perfecto.

—Pues claro –dijo Pablo Diablo–. ¿De dónde te crees tú que sale la purpurina?

—¡Qué guay! –dijo Roberto–. No sabía que la purpurina fuera cosa de las hadas.

—Pues ahora ya lo sabes –dijo Pablo.

—¿Puedo verlas, Pablo? –preguntó Roberto–. ¡Déjame verlas, por favor!

—Solo salen a danzar en plena noche –declaró Pablo Diablo.

—¿Después de la hora de acostarme? –preguntó Roberto.

—Pues claro –dijo Pablo–. Medianoche es la hora de las hadas.

—Vaya –dijo Roberto, y su cara se ensombreció.

—Ya te he dicho que eres demasiado pequeño –dijo Pablo.

—Un momento –dijo Roberto, el niño perfecto–. Si no salen hasta la medianoche, ¿cómo es que *tú* las has visto?

—Porque me he escapado al jardín y me he escondido en la copa del manzano –dijo Pablo Diablo–. Es la única forma.

—Aaah –dijo Roberto–. Mmmm –siguió diciendo–. Oooh –añadió.

—Voy a verlas esta noche –dijo distraídamente Pablo.

—¿Crees que podrías pedirles que vengan antes de las nueve y media? –preguntó Roberto.

—¡Hombre, qué bien! –dijo Pablo–. ¡A ver, hadas! Que mi hermano dice que bailéis para él a las nueve en punto... 'Claro que sí, Pablo' –prosiguió, con la voz de hada más aguda que pudo–. ¿Es que no sabes que con las hadas no

se habla? Uno tiene que esconderse
en lo alto de un árbol. Si supieran
que las he visto, huirían
y no volverían jamás.

Aquello era un suplicio para
Roberto, el niño perfecto. Quería ver a
aquellas hadas más que ninguna otra cosa
en el mundo. Pero ¿cómo iba a
levantarse de la cama con todas las luces
apagadas? ¡Y escaparse al jardín además!
¡La víspera de un día de colegio!
Era demasiado.

—No puedo hacerlo –susurró.

Pablo se encogió de hombros.

—Vale, nene. Ya sé que tienes que
dormir tus horas.

Roberto detestaba que le llamaran
nene. Después de 'pañales sucios', era lo
peor que Pablo podía llamarle.

—No soy ningún nene.

—Claro que lo eres –dijo Pablo–.
Así que vete ya, nene. Pero no me
eches a mí la culpa si te pasas el resto

de tu vida quejándote de que perdiste la oportunidad de ver a auténticas hadas de carne y hueso.

Pablo Diablo se encaminó hacia la salida de la guarida.

Roberto, el niño perfecto, permaneció sentado en silencio. ¡Hadas! ¿Sería lo bastante valiente y lo bastante malo como para salir de la casa en plena noche?

—No lo hagas –le susurró su ángel de la guarda.

—¡Hazlo! –le rebuznó su demonio tentador, un ser pequeñajo, triste

y birrioso que se pasaba la vida
aplastujado por el ángel dentro
de la cabeza de Roberto.

—Iré –dijo Roberto, el niño perfecto.
"¡BIEEEN!", pensó Pablo Diablo.
—Vale –dijo.

Tip-tap, tip-tap, tip-tap.
    Pablo Diablo bajó de puntillas las
escaleras. Roberto, el niño perfecto,
le seguía. Pablo abrió sigilosamente
la puerta trasera y se deslizó fuera
de la casa. Llevaba una pequeña
linterna.

—¡Qué oscuro está! –dijo Roberto mirando hacia las sombras del fondo del jardín.

—¡Silencio! –susurró Pablo–. Sígueme.

Se arrastraron por el césped hasta el manzano.

Roberto, el niño perfecto, dirigió la mirada a las espectrales ramas del árbol.

—Es demasiado alto para que yo suba –se excusó.

—No es verdad. Yo te echaré una mano –dijo Pablo Diablo. Agarró a Roberto por las piernas y le empujó hacia arriba. Roberto se aferró a la rama más baja y empezó a trepar.

—Más alto –dijo Pablo–. Sube lo más alto que puedas.

Y Roberto trepó. Y trepó. Y trepó.

—Ya he subido bastante –murmuró Roberto, el niño perfecto. Se aseguró bien en una rama alta y miró cautelosamente hacia abajo–. No veo nada –susurró.

No hubo respuesta.

—¿Pablo? –dijo Roberto–. ¡Pablo! –repitió en voz más alta.

Tampoco hubo respuesta.

Roberto, el niño perfecto, escrutó la oscuridad. ¿Dónde se habría metido Pablo? ¿Lo habrían secuestrado las hadas?

Y, entonces, Roberto vio algo espantoso.

¡Su hermano corría a todo gas hacia la casa!

Roberto, el niño perfecto, no lo podía entender. ¿Por qué no se quedaba Pablo a esperar a las hadas? ¿Por qué le había dejado solo?

Y de pronto comprendió la terrible verdad. Su traicionero hermano le había tendido una trampa.

—Ya verás... Voy a hacer que te la

cargues... Voy a... Voy a... –graznó Roberto, el niño perfecto. Y enseguida se calló. Sus piernas eran demasiado cortas para alcanzar la rama más baja.

Roberto no podía bajarse del árbol. Estaba atrapado en la copa de un manzano, completamente solo y en plena noche. Tenía tres posibilidades. Podía esperar a que Pablo volviera y le ayudara... No, ni soñarlo. Podía dormir toda la noche en aquel manzano húmedo, frío, fantasmal y horripilante. O podía...

—¡MAMÁAAAAAAAA! –chilló Roberto–. ¡PAPÁAAAAAAAA!

Su madre y su padre salieron precipitadamente a la oscuridad. Estaban furibundos.

—¡Pero, Roberto! ¿Qué haces aquí fuera? –aulló su madre.

—¡Eres un niño insoportable! –rugió su padre.

—¡Es por culpa de Pablo! –chilló Roberto mientras su padre le ayudaba a bajarse del árbol–. ¡Él me ha traído aquí! ¡Y me ha ayudado a trepar al árbol!

—Pablo está durmiendo a pierna suelta en su cama –dijo su madre–. Lo hemos comprobado antes de salir.

—Me has decepcionado terriblemente, Roberto –dijo su padre–. Vas a estar castigado sin coleccionar sellos durante un mes.

—¡BUUUÁAAAAA! –berreó
Roberto.

—¡Cállense ya! –gritaron los vecinos–.
¡Queremos dormir!

Mientras tanto, metido en su cama,
Pablo Diablo sonrió y se estiró.
Era insuperable en el arte de hacerse
el dormido.

"Una venganza perfecta", pensó.
Roberto metido en un buen lío;
Pablo fuera de toda sospecha...

Estaba tan emocionado que no se fijó
en su pijama, desgarrado, sucio
y cubierto de hojas.

Desgraciadamente, al día siguiente,
su madre sí se fijó.

2

PABLO DIABLO Y EL ORDENADOR

—¡No, no, no, no, no! –dijo el padre de Pablo y Roberto.

—¡No, no, no, no, no! –dijo la madre de Roberto y Pablo.

—El ordenador nuevo es solo para trabajar –dijo el padre–. Para mi trabajo, para el trabajo de vuestra madre y para vuestros deberes.

—Y no se usa para juegos estúpidos –añadió la madre.

—Pues todo el mundo tiene juegos en sus ordenadores –dijo Pablo Diablo.

—En esta casa, no –dijo su padre. Miró al ordenador y frunció el ceño–. Mmmm... ¿Cómo se desconecta este chisme?

—Así –dijo Pablo Diablo. Y apretó la tecla 'off'.

—Ajajá –dijo su padre.

¡No había derecho! Renato el Mentecato tenía 'La rebelión de los robots intergalácticos'. David el de Madrid tenía 'La venganza de las macroserpientes II'. Marga Caralarga tenía 'El rayo exterminador'. En cambio, Pablo Diablo tenía 'Sé un campeón de ortografía', 'El aula virtual' y '¡Vivan los números!'. Aparte de Tino el Tocino, al que le habían regalado por Navidad 'Aprende a contar sin esfuerzo', nadie tenía unos programas tan espantosos para sus ordenadores.

—¿De qué sirve tener un ordenador si no se puede jugar con él? –protestó Pablo Diablo.

—Puedes mejorar tu ortografía –dijo Roberto, el niño perfecto–. Y escribir tus redacciones. Yo ya he escrito una para la clase de mañana.

—¡Yo no quiero mejorar mi ortografía!

–bramó Pablo–. ¡Lo que quiero es jugar con el ordenador!

—Yo no –dijo Roberto–. A no ser que sea con el juego '¿Qué verdura es esta?', claro.

—Bien dicho, Roberto –dijo su madre.

—¡Sois los padres más cutres del mundo y os odio! –chilló Pablo.

—Sois los mejores padres del mundo y os adoro –dijo Roberto.

A Pablo Diablo se le acabó la paciencia. Se abalanzó sobre Roberto rugiendo. Se había convertido en el monstruo del lago Ness zampándose un pato vivito y coleando.

—¡AAYYYYYY! –graznó Roberto.

—¡Pablo, vete a tu cuarto! –gritó
su padre–. Y una semana sin tocar
el ordenador.

—Eso ya lo veremos –masculló Pablo
Diablo entre dientes, mientras cerraba su
puerta de un portazo.

Rrrrron. Rrrrron. Rrrrron.

Con todo sigilo, Pablo Diablo dejó
atrás los ronquidos que salían del cuarto
de sus padres y bajó las escaleras
de puntillas.

Allí estaba el ordenador nuevo. Pablo
se sentó frente a él y contempló con ansia
la pantalla en blanco.

¿Cómo podría hacerse con unos
juegos? Solo tenía ahorrado un euro.
Ni siquiera le llegaba para comprarse
'La venganza de las macroserpientes I',
pensó con desconsuelo. Toda la gente
que conocía se lo pasaba bomba
con sus ordenadores. Todos menos él.

Le encantaba destruir extraterrestres.
Le encantaba mandar grandes ejércitos.
Le encantaba ser el amo del planeta. Pero
no. Sus latosos padres solo le permitían
tener juegos educativos. ¡Puaj! Cuando
fuera rey, todo el que inventara un juego
educativo sería arrojado a los leones.

Pablo Diablo dio un suspiro y conectó
el ordenador. A lo mejor había algún
juego escondido en el disco duro, se dijo
esperanzado. A su madre y a su padre les
asustaban los ordenadores y no sabrían
cómo encontrar algo así.

Las palabras 'Clave de acceso'
parpadearon en la pantalla.

"Yo me sé una clave buenísima",
pensó Pablo. Y tecleó rápidamente
'Calcetines Apestosos'.

CALCETINES
APESTOSOS

Acto seguido, Pablo Diablo se puso a buscar. Y a buscar. Y a buscar. Pero no había juegos ocultos. Solo cosas aburridas: las hojas de cálculo de su madre, los informes de su padre...

"Vaya plasta", pensó Pablo. Se echó hacia atrás en la silla. ¡Qué divertido sería cambiar unos cuantos números de la aburrida hoja de cálculo de su madre! ¡O añadir unas cuantas palabras como 'puajjj' o 'tonto el que lo lea' al informe peñazo de su padre!

Bien pensado, mejor no...

Un momento. ¿Qué era aquello? ¡La redacción de Roberto!

"A ver qué ha escrito", se dijo Pablo. La redacción de Roberto, el niño perfecto, había aparecido en la pantalla con el título 'Por qué quiero a mi profesora'.

"Pobre Roberto", pensó Pablo. "Vaya título tan aburrido. Voy a ver si puedo mejorárselo."

Clic clic clic clic.

Ahora la redacción de Roberto se titulaba 'Por qué odio a mi profesora'.

"Esto ya es otra cosa", se dijo Pablo. Y siguió leyendo.

"Mi profesora es la mejor de todas. Es simpática, es divertida y hace que aprender sea un placer. Estoy encantado de estar en la clase de la señorita Zalamea. ¡Hurra! ¡Viva la señorita Zalamea!"

"Buenooo. Esto va de mal en peor", pensó Pablo Diablo. Clic clic clic clic.

'Mi profesora es la peor de todas.'
"Pero aún le falta algo", se dijo Pablo.

Clic clic clic clic clic.

'La gorda de mi profesora es la peor de todas.'

"Esto ya es otra cosa", pensó Pablo. "Y ahora vamos con el resto."

Clic clic clic clic clic clic clic.

> "La gorda de mi profesora es la peor de todas. Es antipática, es aburrida y hace que aprender sea una pesadilla. Estoy harto de estar en la clase de la señorita Cacafea. ¡Fuera! ¡Abajo la señorita Cacafea!"

"Mucho mejor. Esto es lo que yo llamo una redacción", dijo para sí Pablo Diablo. Le dio a 'Guardar', desconectó el ordenador y volvió de puntillas a la cama.

—¡GRRRRRRRRRRRRR!
—¡AAAAAHHHHHH!
—¡NOOOOOOOOO!
Pablo Diablo saltó de la cama. Su padre daba gritos. Su madre daba gritos. Roberto daba gritos.

Pero, bueno. ¿Es que no podía uno descansar con tranquilidad? Bajó las escaleras dando zancadas.

Estaban todos junto al ordenador.

—¡Haz algo! –tronó su padre–. ¡Necesito ese informe ahora mismo!

—¡Lo estoy intentando! –aulló su madre. Y pulsó unas cuantas teclas.

—Está bloqueado –dijo.

—¡Mi redacción! –gimió Roberto, el niño perfecto.

—¡Mi hoja de cálculo! –gimió su madre.

—¡Mi informe! –gimió su padre.

—¿Pasa algo malo? –preguntó Pablo.

—¡Se ha averiado el ordenador! –exclamó su padre.

—¡Cómo odio estas malditas máquinas! –exclamó su madre.

—Tienes que arreglarlo –dijo su padre–. Tengo que entregar mi informe esta misma mañana.

—No puedo –dijo su madre–. El ordenador no me permite el acceso.

—No lo entiendo –dijo su padre–. Hasta ahora, nunca hemos necesitado una clave de acceso.

De pronto, Pablo se dio cuenta de lo que pasaba. Había introducido una nueva clave. Y, sin ella, nadie podía usar el ordenador. Su madre y su padre no sabían una palabra de claves. Todo lo que

Pablo tenía que hacer para arreglar
el ordenador era teclear 'Calcetines
Apestosos'.

—Quizá yo pueda ayudaros, papá
–dijo Pablo Diablo.

—¿De veras? –dijo su padre
con mirada dubitativa.

—¿Estás seguro? –dijo su madre
con mirada dubitativa.

—Lo intentaré... –dijo Pablo, y se sentó
frente al ordenador–. ¡Vaya! Pues no,
no puedo –dijo.

—¿Por qué? –quiso saber su madre.

—Estoy castigado –dijo Pablo–. ¿No
os acordáis?

—Vale, castigo levantado –dijo
su padre–. Pero date prisa.

—¡Tengo que estar en el colegio
con mi redacción dentro de diez minutos!
–se lamentó Roberto.

—¡Y yo tengo que irme a trabajar!
–se lamentó su madre.

—Haré todo lo que pueda –dijo

despacio Pablo Diablo–, pero el problema es muy complicado de resolver.

Apretó unas cuantas teclas y escrutó sombríamente la pantalla.

—¿Sabes ya lo que va mal, Pablo? –preguntó su padre.

—El disco duro está desconectado del disco extraduro, y el disco megaduro se ha desplazado –dijo Pablo Diablo.

—¡Oooh! –dijo su padre.

—¡Aaah! –dijo su madre.

—¿Uuuh? –dijo Roberto, el niño perfecto.

—Ya aprenderás esas cosas en clase de informática, el año que viene –dijo Pablo Diablo–. Y ahora apartaos todos, que me estáis poniendo nervioso.

Su madre, su padre y Roberto se apartaron unos pasos.

—Pablo, eres nuestra última esperanza –dijo su madre.

—Lo arreglaré con una condición –dijo Pablo.

—Lo que sea –dijo su padre.

—Lo que sea –dijo su madre.

—De acuerdo, pues –dijo Pablo Diablo, y tecleó la clave.

¡Chrrrrr! ¡Chrrrrr! ¡Chrrrrr! ¡Plep!
Pablo Diablo sacó rápidamente
de la impresora la hoja de cálculo
de su madre, el informe de su padre
y la redacción de Roberto,
el niño perfecto, y los repartió.

—Muchísimas gracias –dijo su padre.
—Muchísimas gracias –dijo su madre.

A Roberto, el niño perfecto, se le iluminó la cara al ver su redacción perfectamente impresa y la metió con sumo cuidado en su cartera escolar. Nunca había tenido que entregar una redacción hasta entonces. Se moría de ganas de escuchar los comentarios de la señorita Zalamea.

—¡Dios mío, Roberto, qué trabajo tan bien presentado! –dijo la señorita Zalamea.
—Es sobre usted, señorita Zalamea –dijo Roberto, radiante–. ¿Le gustaría leerlo?

—Naturalmente –dijo la señorita Zalamea–. Se lo voy a leer a la clase.

Se aclaró la garganta y empezó:

—Por qué od... –la señorita Zalamea interrumpió la lectura. Su cara enrojeció–. ¡Roberto! –dijo sofocando un grito–. ¡Vete inmediatamente a ver al director! ¡Ahora mismo!

—Pe... pero... ¿tan buena es mi redacción? –graznó Roberto.

—¡NO! –bramó la señorita Zalamea.

—¡Buuáaaaaaa! –rompió a llorar Roberto, el niño perfecto.

¡PAAAHH-PAAHH! ¡BANG-BANG!
¡TA-TA-TA-TA-TA¡
Otro robot intergaláctico mordió
el polvo. "A ver, ¿a qué juego ahora?",
se preguntó feliz Pablo Diablo.
"¿A 'La venganza de las macroserpientes III'?
¿A 'El rayo exterminador'?"

Lo mejor de todo era que a Roberto, el niño perfecto, le habían castigado una semana sin usar el ordenador después de que la señorita Zalamea hubiera llamado a sus padres para contarles lo de su intolerable redacción. Roberto le había echado la culpa a Pablo. Pablo le había echado la culpa al ordenador.

3

....

PABLO DIABLO
VA AL TRABAJO

–¡Te toca a ti!

—¡No, a ti!

—¡A ti!

—¡A ti!

—¡Yo llevé a Pablo el año pasado!
–dijo la madre de Pablo y Roberto.

El padre hizo una pausa.

—¿Estás segura?

—SÍ –dijo la madre.

—¿Seguro que estás segura?
–preguntó el padre. Estaba pálido.

—¡Pues claro que estoy segura! –dijo
la madre–. ¿Crees que podría haberlo
olvidado?

Era la víspera de la jornada nacional

'Lleve a su hijo al trabajo'. La madre de Pablo y Roberto quería llevar a Roberto a su oficina. El padre de Roberto y Pablo también quería llevar a Roberto a la suya. Por desgracia, alguien tenía que llevarse a Pablo.

Aquel mismo día, su jefe le había dicho al padre cuántas ganas tenía de conocer a 'su encanto de hijo'...

—Naturalmente yo traeré a mi chico, a Martín –había prometido el jefazo–. Un magnífico muchacho. Un corazón de oro. Más listo que el hambre. Excelente futbolista. Brillante en matemáticas. Virtuoso de la trompeta. Modales impecables. Sí señor, estoy muy orgulloso de Martín.

El padre de Pablo y Roberto trató de no odiar a Martín. Pero no pudo.

—Escúchame, Pablo –dijo su padre–. Mañana vas a venir conmigo a la oficina. Te lo advierto: mi jefe va a llevar a su hijo. Y por lo visto es perfecto.

CALCULADORA

DIPLOMA

...LÓN DE FÚTBOL

TROMPETA

—¿Como yo? –preguntó Roberto–.
Me encantaría conocerle. ¡Podríamos
intercambiar ideas para hacer buenas
obras! ¿Crees que le gustaría formar
parte de mi Club de los chavales ideales?

—Tú irás a la oficina de tu madre
–dijo su padre con amargura–. Yo me
llevaré a Pablo.

—¡Qué guay! –dijo Pablo.

¡Un día sin ir al colegio! ¡Un día
en la oficina!

—¡Jugaré con juegos de ordenador! ¡Y comeré *donuts*! ¡Y navegaré por Internet!

—¡NO! –dijo su padre–. Una oficina es un sitio donde la gente trabaja, y quiero un comportamiento perfecto. Mi jefe es muy severo. No puedes dejarme en mal lugar, Pablo.

—Pues claro que no –dijo Pablo Diablo. Estaba escandalizado. ¿Cómo podía pensar su padre semejante cosa? El único problema era cómo pasárselo bien en compañía del perfecto plasta que prometía ser el tal Martín.

—Recuerda lo que te dije, Pablo –dijo su padre al llegar a su oficina a la mañana siguiente–. Sé amable con Martín y haz lo que él te diga. Es el hijo del jefe. Intenta ser tan bueno como él.

—Muy bien –dijo Pablo con amargura.

El jefe de su padre vino a darles la bienvenida.

—¡Tú debes de ser Pablo! –dijo el jefazo–. Este es mi hijo Martín.

—Es un placer conocerte, Pablo –dijo Martín.

—Mmm –gruñó Pablo Diablo.

Miró a Martín. Llevaba chaqueta y corbata. Su cara resplandecía. Sus zapatos brillaban tanto que Pablo podía ver su cara sucia reflejada en ellos. También era mala pata pasar un día entero pegado a un figurín como el dichoso Martín.

—Muy bien, muchachos. Vuestro primer trabajo será hacer té para todos los que estamos en la sala de reuniones –dijo el jefazo.

—¿Tengo que hacer yo eso? –preguntó Pablo Diablo.

—¡Pablo! –dijo su padre.

—Sí –dijo el jefazo–. Seis tés en total. Con una cucharadita de azúcar cada uno.

—Qué bien. Gracias, papá –dijo Martín el Figurín–. Me encanta hacer té.

—Yupiii... –dijo entre dientes Pablo Diablo.

Con una alegre sonrisa, el jefazo salió de la habitación. Pablo Diablo se quedó solo con Martín el Figurín.

En el momento en que el jefazo cruzó la puerta, la cara de Martín cambió.

—Podría hacerse él solito su estúpido té –rezongó.

—Creía que te encantaba hacer té –dijo Pablo Diablo. Aquello le había sonado prometedor...

—De eso nada –respondió Martín–. ¿Acaso soy un criado? El té lo harás tú.

—¡Lo harás tú! –dijo Pablo Diablo.

—¡Lo harás tú! –dijo Martín el Figurín.

—No –dijo Pablo.

—Sí –dijo Martín–. Esta empresa es de *mi* papá y tú haces lo que yo te diga.

—Pues no –dijo Pablo.

—Pues sí –dijo Martín.

—Yo no trabajo para ti –dijo Pablo.

—Ya, pero tu papá trabaja para mi papá –dijo Martín el Figurín–. Y si no haces lo que yo te diga, le diré a mi papá que despida al tuyo.

Pablo Diablo le dirigió a Martín una mirada asesina y, muy despacio, encendió el calentador de agua para hacer el té.

Cuando fuera rey mandaría construir un estanque lleno de tiburones solo para Martín.

Martín el Figurín se cruzó de brazos y dirigió a Pablo una sonrisa de suficiencia mientras este vertía el agua caliente sobre las bolsas de té. "Valiente reptil", se dijo Pablo. Luego se chupó los dedos y los metió en el tarro del azúcar.

—Qué guarro eres –dijo Martín el Figurín–. Pienso decírselo.

—¿Y a mí, qué? –dijo Pablo lamiendo el azúcar pegado a sus dedos. Después de su primo Clemente el Repelente, Martín el Figurín era el chico más repugnante que había conocido en su vida.

—¡Eh, se me ha ocurrido una idea genial! –dijo Martín–. ¿Por qué no ponemos en el té sal en vez de azúcar?

Pablo Diablo dudó un momento. Ahora bien, ¿no le había dicho su padre que hiciera todo lo que dijera Martín?

—Vale –aceptó Pablo.

Martín el Figurín echó una cucharilla bien cargada de sal en cada taza.

—Y ahora fíjate bien –dijo.

—Gracias, Martín –dijo el señor Cordón–. ¡Eres estupendo!

—Gracias, Martín –dijo la señora Bolín–. ¡Eres maravilloso!

—Gracias, Martín –dijo el jefazo–. ¿Qué os parece el té?

—Delicioso –dijo el señor Cordón, y dejó la taza en el platito.

—Exquisito –dijo la señora Bolín, y dejó la taza en el platito.

—Mmmm –dijo el padre de Pablo, y dejó la taza en el platito.

A continuación, el jefazo dio un sorbo al suyo. Se le heló la sonrisa en la cara.

—¡Asqueroso! –dijo sin aliento

mientras escupía el té–. ¡Puaajjj! ¿Quién le ha puesto sal a esto?

—Pablo –dijo Martín.

Pablo Diablo se ofendió.

—¡Mentiroso! –gritó–. ¡Has sido tú!

—Este té es repugnante –dijo el señor Cordón.

—Espantoso –dijo la señora Bolín.

—Le he dicho que no lo hiciera, papá, pero no ha querido escucharme –dijo Martín el Figurín.

—Me has decepcionado, Pablo –dijo el jefazo–. Martín nunca haría una cosa así –y miró al padre de Pablo como si quisiera que una nave extraterrestre lo desintegrara con un rayo letal.

—¡Pero si yo no he sido! –dijo Pablo, y miró ferozmente a Martín. ¡Valiente reptil!

—Ahora salid de aquí, muchachos, y ayudad a contestar llamadas telefónicas. Martín te enseñará cómo se hace, Pablo –dijo el jefazo.

Pablo Diablo salió de la sala de reuniones detrás de Martín. "Prepárate, Martinito", dijo para sus adentros. "Esta me la pagas."

Martín se sentó tras una enorme mesa de despacho y puso los pies encima.

—Ahora, haz lo que yo –dijo–. Contesta el teléfono igual que lo hago yo.

Rin rin.

—¡Restaurante El Elefante, dígame! –contestó Martín.

Rin rin.

—¡Paellas para llevar El Calamar, dígame! –contestó Martín.

Rin rin.

—¡Pizza Delizia, dígame! –contestó
Martín.

Rin rin.

—Vamos, Pablo. Contesta tú ahora.

—¡No! –dijo Pablo. Después de lo
que acababa de ocurrir con el té, nunca
volvería a fiarse de Martín.

—¿No serás un miedica? –dijo Martín.

—No –dijo Pablo.

—Pues entonces contesta. Yo ya lo he
hecho.

Rin rin rin rin.

—Muy bien –dijo Pablo, y agarró
el teléfono. Contestaría una sola vez.

—¿Es usted don Hugo? ¡Despedido por besugo!

Silencio.

—¿Eres tú, Pablo? –dijo el jefazo al otro lado de la línea.

¡Huyyyy! ¡Socorro!

—Se ha confundido de número –graznó Pablo Diablo, y colgó de golpe el teléfono.

Vaya por Dios. En menudo lío se había metido. Gordo. Gordísimo.

El jefazo entró como un torbellino en la habitación.

—¿Qué está pasando aquí?

—Le he dicho que no lo hiciera, pero no ha querido escucharme –dijo Martín el Figurín.

—¡No es verdad! –chilló Pablo Diablo–. ¡Has empezado tú!

—Lo que hay que oír... –dijo Martín el Figurín.

—¿Y qué has estado haciendo tú, hijo? –preguntó el jefazo.

—He estado comprobando tus teléfonos –dijo Martín–. Creo que tienes un problema en la línea 2, papá. Te lo arreglaré en un momento.

—¡Olé mi niño! ¡Un genio en ciernes! –dijo el jefazo, radiante. Dirigió a Pablo una mirada amenazadora. Pablo se la devolvió.

—¡Te he dicho que siguieras el ejemplo de Martín! –soltó furioso el padre de Pablo.

—¡Lo he hecho! –gritó Pablo.

Martín el Figurín y el jefazo intercambiaron miradas de conmiseración.

—No suele portarse así normalmente –mintió el padre de Pablo. Parecía como

si quisiera que un remolino de viento
se lo llevara de allí.

—¡Sí que suelo portarme así
normalmente! –protestó Pablo–. ¡Pero
no hoy!

—Como vuelvas a armar otro lío,
un año entero sin paga –le dijo su padre
en voz baja.

¡Qué injusticia! ¿Por qué le echaban a
él la culpa cuando no la tenía en absoluto?

—Te voy a dar otra oportunidad –dijo
el jefazo, dándole a Pablo un montón de
papeles–. Fotocopiádmelos para la
reunión de esta tarde –dijo–, y si hay más
problemas le diré a tu padre que te lleve
a casa.

¡Llevarle a casa! Su padre nunca se lo
perdonaría. Ya estaba suficientemente
furioso con él. Y todo por culpa
de Martín.

Con cara de pocos amigos, Pablo
Diablo siguió a Martín al cuarto
de las fotocopias.

—¡Ja ja ja ja ja! ¡En buen lío te he metido! —rió satisfecho Martín.

Pablo Diablo resistió el impulso de triturar a Martín el Figurín en trocitos menudos, tipo picadillo. En vez de eso, Pablo se puso a pensar. Aunque fuera más bueno que el pan el resto del día, Martín sería el triunfador. Se le tenía que ocurrir un plan para que Martín se las pagara. Y deprisa. Pero ¿qué hacer?

Por gordas que fueran las travesuras que cometiera Martín, Pablo sabía que quien se la cargaría sería él. Nadie creería que no eran obra suya. Para que su plan funcionase, tenían que pillar a Martín con las manos en la masa.

Y, de pronto, se le ocurrió. Era un plan totalmente brillante, de una maldad espectacular. Un plan que dejaba cortos a todos los demás. Un plan que pasaría a la historia. Un plan..., pero no tenía tiempo para dedicarlo a felicitarse como merecía.

Martín el Figurín le arrancó los papeles de las manos.

—Yo haré las fotocopias porque este es el despacho de *mi* papá –dijo–. Si te portas bien, te dejaré que entregues los papeles después.

—Lo que tú digas –dijo mansamente Pablo Diablo–. Al fin y al cabo tú eres el jefe.

—Desde luego que sí –dijo Martín

el Figurín–. Todo el mundo
tiene que hacer lo que yo diga.

—Naturalmente –dijo conciliador
Pablo Diablo–. Oye, he tenido una gran
idea –añadió al cabo de un momento–.
¿Por qué no hacemos unas cuantas
muecas horribles, las fotocopiamos
y las colgamos por toda la sala
de reuniones?

Los ojos de Martín el Figurín brillaron.

—¡Vale! –dijo.

Sacó la lengua. Puso cara de
orangután. Torció el morro.

—Je je je... –y, de pronto, se detuvo–.
Espera un momento. Nos reconocerán.

¡Rayos! Pablo Diablo no había pensado en ello. Su precioso plan se derrumbaba ante sus propios ojos. Martín vencería. Pablo perdería. Las terribles imágenes de Martín el Figurín riéndose de él por toda la eternidad surgieron ante él amenazantes. ¡NO! Nadie se había reído jamás de Pablo Diablo y había vivido para contarlo. "Necesito un cambio de planes", pensó desesperado Pablo. Y de pronto supo lo que tenía que hacer. Era arriesgado. Era peligroso. Pero era el único camino.

—Ya sé –dijo Pablo Diablo–. En vez de las caras, fotocopiaremos nuestros traseros.

—¡Eso es! –dijo Martín el Figurín–. Era justo lo que yo iba a proponer.

—Me pido primero –dijo Pablo empujando a Martín para apartarlo.

—¡No, yo! –dijo Martín devolviéndole el empujón.

"¡¡ESO ES!!", se dijo Pablo Diablo cuando vio que Martín se encaramaba a la fotocopiadora.

—*Tú* colocarás las fotocopias en la sala de reuniones –siguió diciendo Martín.

—¡Estupendo! –dijo Pablo. Sabía lo que Martín estaba pensando. Haría que viniera su padre cuando Pablo estuviese pegando con cinta adhesiva fotocopias de traseros por toda la sala de reuniones.

—Voy a buscar la cinta adhesiva –dijo Pablo.

—Vale. Tú mismo –dijo Martín el Figurín mientras empezaba a oírse el zumbido de la fotocopiadora.

Pablo Diablo corrió por el vestíbulo hasta la oficina del jefazo.

—¡Venga rápido, Martín tiene un problema! –dijo Pablo.

El jefazo dejó caer el teléfono y salió al vestíbulo de estampía detrás de Pablo.

—¡Aguanta, Martinito, que viene papaíto! –chilló, y entró precipitadamente en el cuarto de las fotocopias.

Allí estaba Martín el Figurín, encaramado en la fotocopiadora, de espaldas a la puerta y canturreando despreocupado:

—Uno, dos y tres traseros..., cuatro, cinco y seis en cueros...

—¡Martín! –aulló el jefazo.

—¡Ha sido Pablo! –aulló Martín el Figurín–. Yo solo estaba probando la fotocopiadora para ver si...

—¡Martín, cállate! –gritó el jefazo–. He visto de sobra lo que estabas haciendo.

—Le he dicho que no lo hiciera, pero no ha querido escucharme –dijo Pablo Diablo.

Durante el resto del día, Pablo Diablo lo pasó en grande en la oficina de su padre. Después de que a Martín le castigaran un mes sin salir y fuera devuelto a su casa inmediatamente, Pablo se dedicó a darles vueltas y más vueltas a las sillas giratorias. Luego comenzó a esconderse detrás de la gente y a gritar de pronto "¡Buuuu!". Después comió *donuts*, jugó con juegos de ordenador y navegó por Internet. "¡Hay que ver lo divertida que es una oficina!",

pensó Pablo Diablo. "¡Qué bien lo voy
a pasar cuando sea mayor y me ponga
a trabajar!"

4

··

PABLO DIABLO Y LA DIABÓLICA MUJER DEL COMEDOR

—No vas a llevar tu tartera al colegio. ¡Y es mi última palabra! –gritó el padre de Pablo.

—¡No hay derecho! –gritó Pablo Diablo–. En mi clase todo el mundo la lleva.

—He dicho que no y es que NO –replicó su padre–. Es demasiado trabajo. Y, además, nunca te comes lo que te preparo.

—¡Odio la comida del colegio! –chilló Pablo–. ¡Me está envenenando!

–se agarró el cuello–. ¡El postre de hoy ha sido... puaaaaj... macedonia de frutas! ¡Y tenía gusanos! Noto cómo se arrastran por mi estómago... ¡Aaaahhh!

Pablo Diablo cayó al suelo dando boqueadas y estertores.

Su madre siguió viendo la televisión.

Su padre siguió viendo la televisión.

—Me encantan las comidas del colegio –dijo Roberto, el niño perfecto–. Son tan deliciosas y tan nutritivas... Especialmente esas exquisitas ensaladas de espinacas.

—¡Roberto, cierra el pico! –farfulló Pablo.

—¡Mamáaaaa! –lloriqueó Roberto–. ¡Pablo me ha dicho que cierre el pico!

—¡Pablo, deja de incordiar! –dijo su madre–. No llevarás la tartera y punto final.

Pablo Diablo y sus padres llevaban
semanas discutiendo a propósito de la
dichosa tartera. Pablo se moría de ganas
de llevar sus propios alimentos para la
hora de la comida. En realidad se moría
de ganas de *no* comer en el comedor
del colegio.

Pablo Diablo odiaba el comedor del
colegio y su olor hediondo. Y la forma
horrible en que Carola Simperola echaba
la comida –¡plaf!– en su bandeja y le
salpicaba entero. ¡Y el menú! Hacer
horas de cola para unos repugnantes
raviolis y unos tomates despachurrados.
Y unas natillas llenas de grumos. Y un

puré de patatas pringoso... Pablo Diablo ya no podía soportarlo más.

—¡Porfaaa! –dijo Pablo Diablo–. Me prepararé yo mismo la tartera...

¡Eso sí que sería fantástico! Llenaría su tartera de paquetes de patatas fritas, chocolate, *donuts*, tarta, piruletas y hasta una uva pasa. "Eso es lo que yo llamo una comida como Dios manda", pensó Pablo.

Su madre dio un suspiro.

Su padre dio un suspiro.

Se miraron uno a otro.

—Si nos prometes que no sobrará
nada de lo que meta en tu tartera, te
prepararé la comida yo mismo –dijo
su padre.

—¡Gracias, gracias, gracias! –dijo
Pablo Diablo–. No sobrará nada,
os lo prometo.

"Ya me encargaré yo de eso", pensó.
"Desde mañana... ¡comeré mi propia
comida con los demás!" Y se imaginó
una sala abarrotada de niños tirándose
la comida, cambiándosela unos a otros...
Por fin iba a divertirse a la hora comer.
¡Yupiiiii!

Pablo entró sin prisa en la abarrotada
sala.

Se había convertido en el rey Pablo I
el Fiero inspeccionando a sus revoltosos
súbditos. A su alrededor no había más
que niños que chillaban y berreaban,
se empujaban y se agarraban, se tiraban
comida y se intercambiaban platos

deliciosos. ¡Un paraíso! Pablo Diablo
sonrió feliz y abrió su tartera modelo
'Max, el mutante alucinante'.

Mmmm. Bocata de huevo duro
y ensalada. De pan integral, además.
¡Puaj! Seguro que podría cambiárselo
a Antón el Tragón por una de sus
rebanadas untadas de crema de
cacahuete. O por uno de los bollos
con mermelada de Renato el Mentecato.
"Eso es lo bueno que tiene este

sistema", se dijo Pablo. "Siempre hay alguien que quiere la comida que le han puesto a uno. En cambio, nadie quiere jamás la comida del colegio que tiene el vecino de mesa." Pablo se estremeció solo de pensarlo.

Pero aquellos días nefastos habían quedado atrás, eran solo parte de un borroso y lejano pasado. Un cuento de terror que un día podría contar a sus nietos. Pablo podía imaginárselo ya: una hilera de niñitos aterrados, llorando y chillando mientras él les contaba historias de carnes estofadas y de papillas pringosas incomibles.

A ver qué más había... Los dedos de Pablo se cerraron en torno a algo redondo. Una manzana. "Genial", se dijo Pablo. "Puedo usarla para practicar el tiro al blanco. Y las zanahorias son perfectas para incrustárselas en las costillas a Violeta la Coqueta cuando esté distraída."

Pablo hurgó más hondo. ¿Qué era lo que se ocultaba bajo los trozos de apio y las galletas digestivas? ¡Halaa! ¡Patatas fritas! ¡Le encantaban las patatas fritas! ¡Tan saladas, tan crujientes, tan ricas! Sus horribles padres solo le ponían una bolsa de patatas fritas una vez por semana. ¡Patatas fritas! ¡Qué felicidad! Ya paladeaba su salado regustillo por anticipado. No las compartiría con nadie por más que le suplicaran. Abrió la bolsa de un tirón y metió la mano...

Una enorme sombra se cernió sobre

él... Y una mano gorda y grasienta se disparó como un resorte hacia la bolsa. ¡Zas! Chasc chasc.

Las patatas fritas de Pablo Diablo habían desaparecido.

Pablo se quedó tan estupefacto que fue incapaz de hablar durante unos segundos.

—¿Qué... qué... qué ha pasado? –balbuceó al ver a una mujer gigantesca deambular entre las mesas–. ¡Esa cosa gorda me acaba de robar mis patatas fritas!

—Esa cosa gorda –dijo taciturno Renato el Mentecato– es Verónica la Diabólica, la mujer que atiende el comedor.

—¡Cuidado con ella! –cacareó Susana Tarambana.

—Es la manganta más astuta
del colegio.

¿Cómo? ¿Una mujer del comedor que
te mangaba la comida en vez de servírtela
en el plato? ¿Cómo era posible? Pablo
observó con indignación cómo Verónica
la Diabólica patrullaba arriba y abajo por
la sala. La mirada de sus ojillos de lechón
cambiaba velozmente de un lado a otro.
No hizo caso de las zanahorias de Crista
la Deportista. Pasó por alto el yogur de
Rosendo el Estupendo. Despreció la
naranja de Conrado el
Repeinado. Y de repente...

¡Zas! Ñam ñam.

Los caramelos de Susana
Tarambana habían
desaparecido.

¡Zas! Ñam ñam.

El *donut* de
David el de
Madrid había
desaparecido.

¡Zas! Ñam ñam.

Las pastas de almendras de Tino
el Tocino habían desaparecido.

Marga Caralarga levantó la mirada
de su comida.

—¡No levantes la mirada! –chilló
Susana.

¡Demasiado tarde! Verónica
la Diabólica birló de un manotazo
la comida de Marga y llenó sus gordos
y redondos mofletes con la barra de
chocolate que la niña aún no se había
comido.

—¡Eh, que no he terminado todavía!
–gritó Marga. Pero Verónica la Diabólica
no le hizo el menor caso y siguió
avanzando. Guillermo el Muermo
intentó esconder sus caramelos de café
con leche debajo del bocata de queso.
Pero no consiguió engañar a Verónica.

¡Zas! Glup glup. Los caramelos
de café con leche desaparecieron
en sus fauces abiertas.

—¡Buáaaaa! –gimoteó Guillermo–. ¡Quiero mis caramelos!

—Nada de dulces en el colegio –ladró
Verónica la Diabólica.

Y siguió su marcha arriba y abajo
y arriba y abajo, balanceándose y
abalanzándose, birlando y saqueando,
engullendo y devorando.

¿Por qué a Pablo no le había dicho
nadie que la encargada de aquella sala
era una mujer diabólica?

—¿Por qué no me has hablado de ella,
Renato? –quiso saber Pablo.

Renato el Mentecato se encogió
de hombros.

—No hubiera servido de nada.
No hay quien la pare.

"Eso ya lo veremos", pensó Pablo,
y dirigió a Verónica una mirada feroz.
Era la primera y última vez que
Verónica la Diabólica le quitaba
su comida.

El martes, Verónica le birló a Pablo
su *donut*.

El miércoles, Verónica le birló a Pablo su tarta.

El jueves, Verónica le birló a Pablo sus galletas de chocolate.

El viernes, como de costumbre, Pablo Diablo convenció a Andrés Pesteapiés de que cambiase sus patatas fritas por las galletas digestivas de Pablo. Convenció a Coca la Yudoka de que cambiase sus chocolatinas por las uvas pasas de Pablo. Convenció a Tino el Tocino de que cambiase sus pastas de almendras por las zanahorias de Pablo. Pero ¿de qué le valía ser un comerciante de primera en el ramo de la alimentación –pensó Pablo abatido–, si Verónica la Diabólica acababa birlándole todas sus exquisiteces y engulléndoselas?

Pablo intentó ocultar cada uno de sus postres. Intentó comérselos a escondidas. Intentó recuperarlos a tirones. Pero fue inútil.

En el momento en que abría la
tartera... ¡ZAS! Verónica la Diabólica
se zampaba todos los dulces.

Había que hacer algo.

—Mamá –se quejó Pablo–, en el
colegio hay una mujer diabólica que se
dedica a quitarnos nuestros dulces.

—Eso es estupendo, Pablo –dijo su
madre sin dejar de leer el periódico.

–Papá –se volvió a quejar Pablo–, en el
colegio hay una mujer diabólica que se
dedica a quitarnos nuestros dulces.

—Muy bien –dijo su padre–. Comes demasiados dulces.

—No nos está permitido llevar dulces al colegio –dijo Roberto, el niño perfecto.

—¡Pero es que no hay derecho! –chilló Pablo–. ¡También se lleva las patatas fritas!

—Si eso no te gusta, puedes volver al comedor –dijo su padre.

—¡No! –aulló Pablo–. ¡Odio la comida del colegio! –y recordó las pringosas salsas aguachinadas, las pegajosas sopas llenas de grumos, los dulzarrones postres blanduchos. Una comida que se estremecía en el plato como si tuviera vida propia.

¡NO! Pablo Diablo no podía ni pensar en volver a aquello. Hasta la tartera que le ponía su padre, con aquella comida reforzada con ocho vitaminas y minerales esenciales, era preferible a volver al comedor del colegio.

Es verdad que Pablo podía limitarse a llevar en su tartera comida sana. Verónica nunca se interesaba por ella. Pablo se imaginó su tartera atestada de bocatas de alfalfa hechos con aquel pan integral incrustado de semillejas correosas... ¡Puajjj! ¡Buafff! ¡Qué tortura!

Tenía que seguir con la comida de siempre. Pero tenía que desactivar a Verónica. No quedaba más remedio.

Y de pronto a Pablo se le ocurrió una idea brillante, espectacular. Tan brillante que al principio casi no podía creer que se le hubiese ocurrido a él. "Verónica", se dijo Pablo, eufórico, "no sabes lo que te vas a acordar de haber tropezado conmigo."

Era la hora de la comida. Pablo Diablo estaba sentado con su tartera sin abrir.

Renato el Mentecato estaba a su lado, preparado y dispuesto. A ver, ¿dónde estaba Verónica?

Plom plom plom. El suelo retumbó cuando la mujer diabólica dio comienzo a su recorrido de vigilancia alimenticia. Pablo Diablo esperó hasta que se situara casi detrás de él y... ¡FLOP! abrió su tartera.

¡ZAS! La conocida mano grasienta salió disparada, se apoderó de las galletas de Pablo y las descargó en la boca diabólica. Los espantosos dientes empezaron a triturar. Y entonces.....

—¡Yiiiiiaaaauuuu! ¡Uuuuaaaahhhh! –un aullido espantoso resonó en toda la sala.

Verónica la Diabólica se puso de color rosa. Luego de un rojo intenso. Luego morada.

—¡Yiiiiiaaaauuuu! –berreó–. ¡Necesito algo fresco! ¡Dame eso! –chilló al tiempo que se apoderaba del *donut* de Renato el

Mentecato y se lo metía entero en la boca.

—¡Uuaaahhhhhhh! –bramó, casi asfixiada–. ¡Me abraso! ¡Agua! ¡Agua!

Agarró una jarrita de agua, se la echó por encima, atravesó corriendo la sala y desapareció por la puerta.

Durante unos momentos reinó el silencio. Luego toda la sala estalló en aplausos y aclamaciones.

—Qué bárbaro, Pablo –dijo Antón el Tragón–. ¿Qué le has hecho?

—Nada –dijo Pablo Diablo–. Solo ha probado mi receta especial. ¿Alguien quiere unas galletas de guindilla picante en polvo?

Serie PABLO DIABLO